AF460592

ERNEST PRAROND

LE JARDIN

DES RACINES NOIRES

PARIS
ALPHONSE LEMERRE, ÉDITEUR
27-31, PASSAGE CHOISEUL, 27-31

1886

LE JARDIN

DES RACINES NOIRES

ERNEST PRAROND

LE JARDIN

DES RACINES NOIRES

PARIS
ALPHONSE LEMERRE, ÉDITEUR
27-31, PASSAGE CHOISEUL, 27-31

1886

SUITE DU TITRE

Vieux comme Job, le pessimisme a-t-il servi ou desservi l'humanité? Ainsi discutant, je partais pour l'Idumée; je m'arrêtai au coin du faubourg Saint-Germain.

Ce jour-là (1) *M. Brunetière disait à un auditoire qui ne désire pas la fin du monde :*

« L'idéal est une création du pessimisme...

« Nous ne pourons cesser d'être pessimistes qu'en cessant proprement d'être hommes.

» Il est permis d'être pessimistes avec Zénon et avec Pascal. »

(1) 15 janvier 1885, Conférence au Cercle Saint-Simon.

Ces paroles me rassurèrent, car je n'avais pas la conscience tranquille. Ne m'était-il pas arrivé quelquefois de verser en philosophie dans bien du sombre ? Mais en compagnie de Zénon et de Pascal !.... Un désir me prit de voir jusque dans quel cercle j'avais pu suivre ces grands hommes. Je revins à la vallée

Che m'avea di paura il cor compunto.

Je me souvins de vieilles pages. Une douceur d'avril protestait contre l'ouverture du carton, je veux dire de l'abîme. Le jour disait joie ; je fermai la fenêtre au jour, et, pour me prouver la noirceur de mes pensées, j'exhumai ces fleurs lugubres. — En acquit de ma conscience et pour l'excuse de l'acte, je ne désespère pas qu'elles ne portent, si elles montent en graines, quelque vertu moins noire que leurs pétales.

I

AUX IMPATIENTS.

Chercheurs, savants, fouilleurs de l'obscure matière,
Chanteurs, rêveurs, quêteurs de voix dans les cieux sourds,
Pourquoi vous mettre en peine et suivre un mot toujours
Fuyant dans l'inconnu, notre close frontière ?

Pourquoi, pour tirer feu de l'astre ou de la pierre,
Vouer, nouveaux Titans, votre foie aux vautours,
Ou frapper les rocs noirs comme frappe les tours,
Avant l'aube, l'oiseau que tente une lumière ?

Un jour, la blanche mort dont nous nous défiâmes
Vous mènera, les yeux déclos soudainement,
Aux lieux où nulle erreur ne trompe, où rien ne ment :

Et là, comme vos yeux ouvrant enfin vos âmes,
Vous montrera combien s'épuisaient tôt et vains
Vos efforts, dieux futurs, hommes encor sylvains.

II

LE REPOS.

...Quei per sua salute ha meglior sorte
Che ebbe nascendo più pressa la morte.
MICHELANGELO, *madrigale* XXV.

Heureux celui qui peut user sa vie entière,
Disais-je, en un labeur forcément ordonné !
Sans regrets ni désirs, il ne craint ni n'espère,
Et le monde emplit l'angle où son sort est borné.

Comme alors, sous le mur qui mène au cimetière,
Sans forme liturgique et comme abandonné,
Sous le bras d'un enfant, dans une étroite bière,
Passait un enfant mort, cadavre nouveau-né,

Quelques hommes, dos las, les coudes hors des manches.
Dirent : Chançard qui peut s'octroyer des dimanches
Et s'offrir des lundis comme ce petit-là !

Et du mot je compris que sous d'égales sommes,
Pauvre ou riche, humble ou haut, fléchissent tous les hommes,
Et que la vie à poids semblables nous régla.

III

LA DOULEUR SURVIVANTE.

Strange dream ! that gives ad dead man to think.
SHAKESPEARE, *Roméo*, acte V.

J'étais sinistrement dans ma bière étendu.
— Rêve étrange qui laisse au cadavre livide
Le regret de la vie et le désir avide, —
Et ma chair glissait eau, tout relief épandu.

En son orbe sans pleurs mon œil stagnait fondu ;
Les vers rongeaient mon crâne ainsi qu'un noyau vide,
Et les jours que l'année en sa course dévide
Passaient comme les nuits sur mon front éperdu.

Et j'attendais toujours et j'écoutais dans l'ombre,
Et toujours l'abandon plus muet et plus sombre
Rendait ma nuit plus froide et plus dur mon chevet.

Je sentais mes lambeaux s'en aller sous la terre,
Et toujours cependant, — détestable mystère ! —
En un coin de mon corps la douleur survivait.

IV

ÉTUDE FUNÈBRE.

La nuit souventes fois, — quand je sens dans mes bras
S'épandre avec ardeur la force avec la vie
Et qu'au monde à saisir j'élargis mon envie, —
En cet orgueil de vivre, en ces rêves, pourchas

Grandioses, pareils aux jeux des jeunes chats,
Une pensée arrive, et la pente dévie
Où le peloton roule. — Ah ! mort ! L'âme ravie
Au corps humilié ! Le ver ! Les derniers draps !

J'aborde, cœur serré, ces images funèbres,
Et, pour prêter créance aux épaisses ténèbres
De cette nuit profonde où ne plonge aucun œil,

Avec un froid plaisir et des terreurs grièves,
Je m'étudie à prendre, en mon lit noir de rêves,
L'attitude qu'un jour j'aurai dans le cercueil.

V

TERREUR MATÉRIALISTE.

> Ton corps délicat sera la pâture des fourmis et des serpents.
>
> SAADI, *gazal.*

La nuit, plus tristement gronde le bruit des airs :
Il fait froid, et le vent qui nous vient de la Sambre,
Comme une voix traînant douleur de chambre en chambre,
Imite longuement une plainte des chairs.

Frileux, dans cet effroi je m'enfonce et me perds
Qu'un jour un froid plus dur que celui de décembre
Me tiendra sous le sol roidi par chaque membre,
Que le vent me dira deuil, ténèbres, déserts,

Et que moi qui me peins cette terrible angoisse,
Moi que l'ombre épouvante et qu'un pli du lin froisse,
Je serai là sans fin, sourd, aveugle et glacé,

Et que les vers viendront se loger sous mes côtes,
Et que, pour repousser ces détestables hôtes,
La force manquera même à mon bras lassé.

VI

LE REPOS DANS LA MORT.

Io porto individia a morti.
MICHELANGELO, *madrigale* XIX.

Les morts sont bien sous l'herbe ; ils n'entendent plus rien ;
Ils ne connaissent plus la douleur ni la joie ;
Dans tous les éléments sous le ver qui les broie
Leur chair s'en est allée. Oh ! que les morts sont bien !

Oh ! que les morts sont bien ! La tempête et la pluie
Succèdent sur leur pierre aux éclatants soleils,
Et, pour sortir enfin de leurs derniers sommeils,
Ils attendent que l'heure en l'éternité fuie.

Leur corps pulvérisé, fluide, aérien,
Atomes d'autres corps, flamme dans l'air ravie,
Sève des végétaux, en parcelles de vie
S'épand dans la nature. Oh ! que les morts sont bien !

VII

LA DISPERSION MOLÉCULAIRE.

Non, pour les faibles cœurs inquiets de la mort
Point de terreurs dont soit infrangible l'empire.
Le sauveur alambic délivre ; il a pu dire :
De ta poudre, homme en peine, une volupté sort.

Lorsque la vie échappe à la chair qui s'endort
Et rend, elle la force irréductible, apyre,
Aux atomes la brute, au terreau le vampire,
La fibre fond ; plus rien d'irritant ne la mord.

Tout va bien; l'âme vole où sa vertu la porte,
Heureuse ou désireuse, et d'aile faible ou forte,
Déjà sainte ou demain pure par les remords.

Mais un nouveau travail s'accomplit sous la terre ;
La matière s'unit enfin à la matière,
Et la joie est au corps qui s'épand dans les corps.

VIII

EFFROI.

Par delà toute terre, au plus haut d'un rocher
Qu'assiégeaient dans la nuit de sombres épouvantes
Et qu'éclairaient d'en bas ces lueurs décevantes
Dans lesquelles on voit les ténèbres marcher,

J'entendis de l'abîme un grand bruit s'approcher,
Et bientôt j'entrevis dans les formes mouvantes
Un Océan sans bords dont les ondes vivantes
Bondissaient sous le roc comme pour l'arracher.

Puis les vagues, roulant sous d'énormes rafales,
Se dressaient jusqu'à moi noires et glaciales,
Prêtes à m'entraîner dans leur antre béant ;

Et, nouveau Prométhée, en ces profondeurs mornes,
Je me sentis saisi d'un désespoir sans bornes
Et je me réveillai plein d'effroi du néant.

IX

DIALOGUE.

Après la mort on ne voit rien qui plaise.
RONSARD, *Amours diverses*, VII.

LE PASSANT.

Mort, à quoi songes-tu dans ta tombe profonde ?

LE MORT.

Je songe aux beaux soleils des jours évanouis.

LE PASSANT.

O mort, tu dois souffrir des regrets inouïs ?

LE MORT.

O passant, si j'avais tous les trésors du monde,
Je les donnerais tous sans plainte et sans remords
Pour voir un coin du ciel entre deux arbres morts.

X

SOIR SOMBRE.

La campagne était rase, et, partout où ma vue
S'étendait, de moissons et d'arbres dépourvue,
Le vent seul, habitant de ces sillons déserts,
Silencieusement emportait dans les airs
Quelque poudre arrachée à la terre âpre et morne ;
Et, la nuit m'opposant toujours égale borne,
L'horizon, cercle bas que rien ne sinuait,
Toujours également devant moi se nuait.
La tristesse stagnante emplissait le silence ;
L'ombre mettait sur tout la même ressemblance ;

Le ciel noir, et pourtant sans nuage épandu,
S'abaissait, à deux pieds de ma main suspendu ;
Et j'allais, le cœur lourd et plein d'inquiétude,
Cherchant la vie en vain dans cette solitude ;
Et, pour que tout en moi, sous le plombeux airain,
S'accordât à l'aspect dépeuplé du terrain,
Je réveillais sans fruit dans mes creuses pensées
Les forces de mon cœur sans espoir dépensées.

XI

DEUX THÈSES.

I

PESSIMISME ROYAL.

...... *Nihil habet homo jumento amplius.*
ECCLÉSIASTES, III, 19.

L'Écclésiaste a dit : Nul ne vivra toujours,
Nul n'a cette espérance, et nos instants sont courts,
Car tout est vanité sous le soleil du monde.
Un chien vivant vaut mieux qu'un lion mort ; l'immonde
Mouche morte vicie un vase de parfums.
Que peuvent emporter dans leurs mains les défunts ?

Tout sort de la poussière et rentre en la poussière.
L'homme vient et s'en va de la même manière.
Les vivants sur les morts ont cela, triste bien :
Ils savent qu'ils mourront. Les morts ne savent rien.
Ils ont souffert ; à quel profit leur patience ?
Le travail les brisa ; pour quelle récompense ?
Eux, la mémoire éteinte, ont la nuit pour linceul.
L'homme mort est sous terre éternellement seul.
En lui l'amour est mort ; en lui morte la haine,
Mort le désir ; plus rien ne l'entraîne ou l'enchaîne.
A tout ce qui se fait sous le soleil errant
Dans l'ombre de la tombe il reste indifférent.
Donc mords gaîment ton pain, bois ton vin dans la joie.
Marche en des habits blancs ; desserre la courroie
De tes reins ; répands l'huile autour de tes cheveux ;
Epuise les odeurs du cinname ; use au mieux
La vie avec la femme aimée en ton passage ;
Et mange et bois ; et garde à droite un cœur de sage (1).
Dieu pour le vivant seul a créé les soleils.
Le passé, le présent, l'avenir sont pareils.

(1) Cor sapientis in dextera ejus et cor stulti in sinistra illius.
ECCLESIASTES, X, 2.

Fou celui qui veut trop; faible celui qui pleure.
Goûte en hâte les fruits de ton œuvre de l'heure.
Dans le sheöl muet où descendent tes pas
Activité, raison, science ne sont pas.

II

CHEZ PHILON L'ANCIEN.

..... Deus creavit hominem inexterminabilem, et ad imaginem similitudinis suæ fecit illum. SAPIENTIA, II, 23.

La Sagesse répond : Dieu fit l'homme semblable
A lui-même; donc l'homme est inexterminable.
La séparation de la vie et des corps
N'est pas mort vraie; elle est le terme des discords.
Dieu paie en bien sans fin la peine passagère;
La récompense est grande et la peine est légère.
L'âme de l'homme juste est dans la main de Dieu.
Comme l'or essayé dans la fournaise en feu

Les bons sont éprouvés; ils deviennent offrandes
Précieuses. Ainsi que des arides brandes
Monte une flamme, ainsi les justes monteront.
Pour fruit de leurs travaux passés ils cueilleront
La durée et la gloire; ils auront l'éternelle
Royauté, les rayons du diadème. Une aile
Les couvrira, la paix du Très-Haut; ils n'auront
Que le bras de Dieu même au-dessus de leur front.

XII

REQUIEM ÆTERNAM.

Que demandes-tu, vie ? O mort, que réponds-tu ?
Stériles questions ! Du néant débattu
Par du néant dans le néant.

Espoir en fuite
D'une aube avant le jour, la vie ; et tout de suite
Un noir plus noir que toute absence de rayons,
La mort.

Entre les deux, dans les illusions
D'un espace lui-même illusion, des ombres,
Des larves, des semblants, des glissements, des nombres,

Se résorbant entre eux ; un recommencement
Sans fin dans l'éternel évanouissement ;
Les disparitions suivant les reparaître,
Tous les *postulata* d'un postulat, notre être.

Telle une thèse et telle une autre que voici.

Sentir est; les objets sensibles sont aussi.
Tout est concret, distinct. Les preuves ? Une seule
Mais qui fait témoigner l'être comme la meule,
Lorsqu'elle a séparé du son le gluten pur,
Fait témoigner le grain broyé sous le grès dur,
La souffrance. — Par elle, autour de nous, les choses
Sont des forces, des corps, nous deviennent des causes.
Nous sommes leurs captifs, leurs élèves hélas!
Elles nous font le crâne ébranlé, le dos las;
Nous devenons leur jeu criminel, leurs victimes;
Et lorsque, descendant en nos retraits intimes,
Nous regardons en nous, une grand pitié fait
S'incliner vers le lit des morts notre souhait,

Pour y chercher la fin de l'énigme inquiète.

Et la vie interroge et la tombe est muette.

La souffrance a le droit de nous donner son nom.
Elle est moi, je suis elle; Antisthènes, Zénon,
Epictète en ont fait la noblesse de l'homme,
La raison du courage et de ce que l'on nomme
L'héroïsme. — Le monde est ou n'est pas. Et puis?
Où le gain, si l'horreur est vraie en un faux puits?

Nous, hommes de ce temps, perdus en ces querelles
Et souffrants, nous croyons les souffrances réelles,
Qu'elles naissent de nous ou viennent du dehors.
Nous sentons Marc-Aurèle en nous mourir. Alors...
Alors nous nous tournons vers la force éternelle,
Inconnue et terrible, et fléchis devant elle,
Nous crions, dans le soir triste, au couchant vermeil :
Dieu, pitié ! Le repos éternel ! Le sommeil !

XIII

LES NARCOTIQUES.

Quand des fausses terreurs l'homme eut rompu les fers,
Quand le fleuve d'oubli tarit dans les enfers,
Au lieu du monde bas, ceint de cercles de flammes,
Un plus haut monde, enclos de cieux, ouvrit aux âmes
De nouveaux champs d'espoir pour des désirs nouveaux ;
Mais les corps sont restés esclaves des travaux,
Et l'espoir est lointain, les peines sont prochaines.
Quand s'agite la main, l'oreille entend des chaînes.
Le dieu qui pour l'Erèbe avait fait le Léthé
Afin que par l'oubli l'homme y fût allaité,

Enleva sur les bords du lac dormant la feuille
Où de nos jours encor l'oubli des maux se cueille,
Puis la mit sur la terre. Et, philtre oriental
Ou charme havanais, le démon végétal
Que l'homme sait tirer des fibres bienfaisantes
Rend de ses longs ennuis les heures moins pesantes
Et lui permet, trompant jours et faix écrasants,
La résignation qui ne sait rien des ans.

XIV

LES INCERTITUDES

DE LA CONNAISSANCE.

Midi vibre en feu ; le navire
Fend la mer calme. Un clan volant
Sur notre fuite, éployé, vire
D'oiseaux pâles, farandolant.
Qu'une lorgnette les rencontre,
Et, miracle en notre œil obscur,
Chacun d'eux s'héraldise et montre
Un ventre d'or, un dos d'azur.

Cendre, or, saphir, pourquoi la plume
Change-t-elle ainsi, g'oire ou deuil ?
Est-ce au cristal qu'elle s'allume
Ou s'éteint-elle dans notre œil ?

Le mensonge est-il l'aile grise,
L'aile bleue ? Enfle-t-il les cous
D'or ou de neige ? La méprise
Est-elle en nous ou hors de nous ?

Sot qui dit : Je crois ; sot qui nie.
Le savant décompose en vain
Les rayons dont la symphonie
Est blanche dans le jour divin.
D'où descends-tu, lumière auguste ?
D'où viennent les couleurs ? Qui lut
Les lois qui les font chanter juste
Sur les choses qui sont leur luth ?

Les choses, synonymes d'ombres
Dont l'illusion fait des corps,
Qu'un sage voyait dans les nombres,
Dont un autre a fait les dehors
Et les formes de l'insondable,
Que sont-elles ? Quiconque osa
Tenter l'étude formidable
Erra de Kant à Spinosa.

Et nous ne savons rien des choses,
Ni s'il fait jour, ni s'il fait nuit,
Ni si l'odeur est à vous, roses,
Ni si le germe est à toi, fruit,
Ni si la vie emplit le monde
Ou si la gueule du néant
Insuffle cette bulle ronde
L'univers, rêve se créant.

Voyageurs que l'inconnu couvre
Entre le nuage et le flot,
Sur une immensité qui s'ouvre
Et sous une autre qui se clot,
Si quelquefois nous croyons fendre
L'obscurité, c'est pour en voir
Toute l'horreur ; c'est pour voir pendre
Après le noir voile un drap noir.

XV

SPECTACLE GRATUIT.

Le monde est beau. Donc qu'importe,
Homme où le moi seul vibra,
Que la mort frappe à ta porte ?
Toi mort, le monde vivra ;

Le monde vivra ; des êtres
Te vaudront ou vaudront mieux.
Ouvre au soleil tes fenêtres,
Ouvre ton âme et tes yeux.

Vois l'arbre ému, l'eau qui coule,
L'insecte qui vole ; ouis
Les vents bruire et la foule
Des innocents réjouis.

L'astre est lustre en ta rotonde ;
La terre sous toi s'étend ;
Tu vois gratis tout ce monde,
Sot, et tu n'es pas content.

XVI

PANTHÉISME ?

> Sache que le monde visible et le monde invisible,
> c'est Lui-même. Il n'y a que Lui, et ce qui est c'est Lui.
>
> Farid uddin Attar. *Invocation du poème le Langage des oiseaux.*

Jouis donc, imbécile, heureux être ! Qu'importe
Ta vie à l'univers ? Sur ta paupière morte
Le soleil sera-t-il moins éclatant ? Le jour
Verra-t-il fourmiller moins de joie et d'amour ?
Chaque minute en toi sonnant claire et ravie
N'a-t-elle pas payé ce que te doit la vie ?
Quel bail te fut signé ? Quelle promesse ? En quoi
L'éternité s'est-elle engagée envers toi ?

Sais-tu si l'Etre en qui l'astre rit aux lianes
N'a pas fait de toi, ver, un de ses mille organes,
Et n'as-tu pas assez de cet immense honneur
Et de ce grand bienfait, ô chétif raisonneur,
Que Dieu, pour s'admirer, lui la face éternelle,
Ait un instant daigné se choisir ta prunelle ?

XVII

LES DOULEURS.

Douleurs que l'homme à tort maudit, il n'est pas vrai
Que vous soyez le mal ; non, saintes, au contraire,
Vous êtes le trésor qu'une épargne usuraire
Et bonne amasse en nous pour un besoin sacré.

Par vous qui persistez, souvenir vénéré,
Au fond des cœurs ainsi qu'en un pieux laraire
Et doucement luisez, nous savons où retraire
Les nouvelles douleurs, — où l'autel assuré.

Ainsi, lorsqu'un froid sombre enveloppe la terre,
Sort d'un vitrail qui luit, bienveillant quoique austère,
La lueur des feux doux qu'aime la Chandeleur;

Et l'homme aux profondeurs anciennement blessées
Cherche, lorsque l'atteint, nouvelle, une douleur,
La vertu de souffrir dans les douleurs passées.

XVIII

ESPOIR ?

Quand enfin nous osons rendre au vent les mensonges ;
Lorsque l'amour n'a plus de masque dans nos songes ;
Lorsque nous avons vu les yeux, la foi trahir,
Ou senti, honte et honte en nous, le cœur faillir ;
Lorsque, — soit que notre œil sondant les reins, les causes,
En ait tiré l'horreur misérable des choses,
Soit qu'une ascension vers la beauté des dieux,
Vers l'idéal, nous ait rendu l'homme odieux, —
Tout ce qui remuait en nous une parcelle
Du vieil Adam est mort; que pas une étincelle

Ne saurait rallumer notre courage éteint,
Un but touché n'offrant jamais qu'un vide atteint ;
Lorsque nous crions grâce au mal qui nous achève ;
Il ne nous reste plus qu'à revenir au rêve,
A joindre les deux mains vers le mur sans pitié,
A tenter d'espérer hors du marbre oublié,
Hors de la tombe froide, ô mort, où tu nous plonges,
Une autre vie, hélas ! faite avec d'autres songes.
Car malheur ! Notre espoir, doutant, en est encor
A suivre en l'azur vide et dans les néants d'or
L'Illusion, la mère et la somme du monde,
L'Apparence de tout, bruit de tout ce qui gronde,
Air de tout ce qu'on sent, feu de tout ce qui luit,
L'être de l'être en fuite en la forme qui fuit.

XIX

ÉVOLUTION.

La terre, astre alors, versait
La flamme aux flancs de la lune.
Soleil, se consumait l'une ;
En fleurs l'autre se berçait.

Jouant des blancheurs d'épaules,
La lune aux climats divers
Avait, sur des cercles verts,
La neige à ses petits pôles,

Et, sous l'azur chaud, plus bas,
Entre ses petits tropiques,
Les ardeurs éthiopiques
Des Nils bleus et des Sabas.

Heureux, des sélénigraphes
Eussent pu, Tycho-Gamas,
Des monts propres aux lamas
Au sable propre aux girafes,

Et des Spitsbergs aux Darfours,
Se délecter d'altitudes
Et goûter les latitudes
Des glacières et des fours.

Ours, lions, aigles, perruches,
Et Groenlands et Pendjabs,
Et lichens et baobabs,
Quel monde ! Volcans et ruches.

J'y vécus. Un pois pour œil,
Pour ombrelle un poil qui frise,
J'égayais de sauts la frise
Des chênes, prime-écureuil.

Elle était bonne et si belle,
Toutes feuilles mises hors,
La jeune planète alors,
La Diane avant Cybèle !

Pour pavillon sur les jeux
De son printemps florifère
Elle avait une atmosphère
A lambrequins nuageux.

Comme alors, des polyèdres
De ses glaciers aux bassins
De ses fleuves abyssins,
S'étageaient mousses et cèdres !

Mais, quand morte et de sa mort
Accusant la terre éteinte,
La lune, en la pâle teinte
Qu'une ombre de sourcils mord,

S'effaça, je dis : — Maudite
Sois-tu, sœur des camaïeux !
— Puis au corps de mes aïeux
Je m'évadai troglodyte.

Je franchis l'éther ; l'élan
Me jeta roi sur la terre,
Et j'y régnai solitaire
Longtemps d'Aoude à Ceylan.

Le souvenir est sonore
Du fils du Vent, Hanoûmat,
Et de Sougriva; primat
Des singes que l'Inde honore.

J'arrivai. — Belle à son tour,
La terre engendrait ; le marbre
Etait fier des pins, et l'arbre
Fier de l'aigle et de l'autour.

Tout en gaspillant la gomme,
Les jeunes bourgeons, les fruits,
Je tirai des vagues bruits
Quelques sons; je devins homme.

Des sons je tirai des chants ;
J'eus pour professeurs des merles ;
Je taillai la nacre en perles,
Le silex en coins tranchants.

Je me sentis croître une aile.
Le rhythme mélodieux
Me dit : — Vois. Je vis les dieux.
J'eus l'Olympe en ma prunelle.

. . .

J'inventai le glaive hélas !
Je fus Atride à Mycènes.
Homère me dut les scènes
Qui vengèrent Ménélas.

Athènes, sous tes corbeilles
Je vis les vierges marcher ;
Je surpris le jeune archer,
Doigt piqué, chez les abeilles.

Je pensai ; je m'affinai ;
Je mis en catégories
La morale ; en théories
Le bien pur. Je combinai

L'expédient et le juste ;
Je fis le droit ; je devins
Salomon, chef des devins,
Et, chef des brigands, Procuste.

Conquérant, je pris des champs ;
Je dis : — Me serve qui m'aime !
Justicier peu doux moi-même,
J'exécutai les méchants.

Mais passons. — La loi première
Est la vie ; elle conduit
La poussière au jour. — La nuit
Est prégnante de lumière.

Et je médite un départ.
Le soleil pâlit. Qu'importe ?
Quand la terre sera morte
Je serai dieu quelque part.

XX

UNE GENÈSE.

SOUVENIR D'UN MOT DE PYTHAGORE. *

Le chaos noir roulait, informe dans l'informe :
La terre en fusion n'était qu'un œuf énorme
Et vague de métal liquide et de vapeurs.
L'Esprit chargé par Dieu d'animer ces torpeurs
Brûlantes, mais sans vie et repoussant tout germe,
Leur imposa d'abord la loi d'un centre ferme ;
Puis, ayant resserré tous les points du fardeau
Dans l'éther, de son œil tira la goutte d'eau
Qui, féconde, devint la mer, et — divin charme ! —
Notre monde entier vit encor dans cette larme.

* Τὴν θάλατταν μὲν ἐκάλει εἶναι δάκρυον.

PORPHYRE.

XXI

MÉDITATION DARWINIENNE.

Le poisson volant saute et son aile argentée
Fend l'air.

Blanche Aphrodite, ô déesse panthée,
Dis-nous si du nageur sortit un jour l'oiseau,
L'aède rossignol ; et si l'obtus museau
Chassant l'onde sentit qu'il s'ouvrait bec sonore
Aux *Gloria* d'amour des nuits dont mai s'honore.
Dis-nous si l'orque même eut d'ailés nourrissons
Et si, des flots muets dans l'air ému des sons,
L'écaille devenant la plume, jaillit l'hymne
Victorieuse encor des chansons de Méthymne.
As-tu tiré des mers et jeté sur les bois,
Dans le ciel, les dauphins étonnés de leur voix

Et de leur premier vol rival du vol des nues ?
Qui dira votre mot, genèses inconnues ?
Un poète épiant le vol caduc, l'essor
Trompé de ces oiseaux que l'onde enchaîne encor,
Y vit de tes efforts à peine francs d'un lange
L'exemple lamentable, homme envieux de l'ange.

Est-il donc vrai, nageoire ambitieuse, es-tu
L'emblème de l'effort brisé, de la vertu
Que repousse d'en haut le droit jaloux des sphères,
Et devons-nous enfin reconnaître des frères
Sous l'écaille d'argent de ces pauvres oiseaux
Que déjà tente l'air et que gardent les eaux ?

XXII

LA SOMME DE LA VIE.

Qui sait pourquoi les jours, qui sait pourquoi les heures,
Mauvaises pour les uns, pour les autres meilleures,
Coulent diversement du même sablier,
Et pourquoi, se pressant ou semblant oublier,
On les voit mesurer d'une chute de rêve
Tantôt la vie en fleurs, fleur d'un jour, saison brève,
Tantôt l'âge tardif semblable aux longs hivers ?
Mystère compliqué de mystères divers !
Devons-nous répéter ce cri de la sagesse :
Heureux qui jeune meurt ! ou chanter : O vieillesse,

Bienfait des dieux, salut ! — Ni ce cri, ni ce chant.
L'ordre est. Il dit, n'ayant ni lever ni couchant,
Justice. Et tout est bien sous la règle accomplie.
Le jeune homme ne meurt que sa tâche remplie,
Et le vieillard ne voit les soleils rajeunir
Que parce que la sienne est encore à finir.
La mort qui, tôt venue, abrège les épreuves
Ne récompense pas des âmes encor neuves,
Mais des âmes déjà qu'un pas certain conduit,
Prêtes pour passer outre, aux portes de la nuit.
Des rayons différents font mûrir toutes choses.
Heureux donc le vieillard que d'exigeantes causes
Retiennent dans la vie ; heureux le nouveau-né,
Mort, s'il a droit de fuir souffle prédestiné ;
Et malheur à l'enfant, trop tôt vieillard en germe,
Si, comme un fruit noueux dont se flétrit le derme,
De l'arbre de son temps il tombe avant l'été !
Le cycle interrompu doit être complété ;
Les courses dans ce monde à moitié parcourues
Ne s'achèvent qu'ailleurs de longs trajets accrues.
Mais qui sait, du jeune homme ou du vieillard, quel est
Le plus prompt vers le but, le plus sûrement prêt,

Et si le temps, fantôme inventé par les hommes,
Nous livrant heure égale à tous tant que nous sommes,
Se règle, pour combler nos cœurs étroits ou grands,
Sur l'aiguille qui fait le tour de nos cadrans ?

XXIII

VERS LA PLANÈTE MARS.

Attends, je fuis, je viens, terre à la longue année,
Planète où peut notre œil voisiner maintenant,
Mars aux deux pôles blancs, sphère où tout continent
Est île, où toute mer est méditerranée.

Quelle parure d'or, fleurs et fruits, spontanée,
Quels flots chargés de nefs te font belle, étonnant
Le vaste azur, tandis que deux gardes tournant
Suspendent sur tes nuits une lampe alternée !

Tous les biens, nos désirs, beauté, bonté, vertu,
En toi-même, en tes fils, peut-être en jouis-tu
Sans qu'un soupçon lointain de mal les pervertisse...

Tant de gouffre à franchir, à vaincre ! Pourquoi pas ?
Le désir crée un droit et le droit veut justice.
Mars qu'atteint mon désir a pressenti mon pas.

XXIV

LA VITRE.

Hors du wagon qu'éclaire une lampe au plancher,
Je m'efforce de voir des sites s'ébaucher.
Mais la vitre maussade, au lieu du paysage,
Ne m'offre avarement qu'un reflet, mon visage.
L'horizon est-il donc ce verre obstacle aux doigts?
Non, derrière est la plaine avec les champs, les bois,
Les dunes, flots durcis, les marais, vertes plages,
Les chemins inconnus qui mènent aux villages,
Les fleurs et les moissons, mélanges de couleurs
Que l'aube aux yeux mouillés lavera de ses pleurs ;

Monde à présent confus dans une brume dense
Et qu'à point dit, demain, le soleil, l'évidence
Qui rend tout évident, fera distinct, divers,
Surgir, frapper mes yeux comme du coup ouverts.

Ainsi donc en est-il en nous de l'œil intime
Tourné vers le grand X mis en croix sur l'abime.
Une vitre est aussi dans notre entendement,
Qui, réduite aux reflets, nous trompe également.
Nous ne voyons que nous, nous la recherche vaine,
Nous l'ignorance, nous la brume d'une haleine,
Dans le monde roulant, restreint, le wagon-lit
Sur lequel une lampe incertaine pâlit,
Mais derrière la vitre aveuglée est l'immense
Inconnu, la lumière, onde sans fin, semence
De vie et divin past, et qui, cieux déployés !
Luira pour nous, la mort nous ayant dit : Voyez.

XXV

L'AU DELA.

Non, de tout ce qui tint une place en la vie,
De tout ce qui nous fut un jour attachement,
De l'amour lacéré, de l'amitié ravie,
Rien ne périt ; tout est indéfectiblement.

En accusant l'oubli le désespoir blasphème ;
L'oubli, qu'est-ce ? Un mot vide où le rien tombe seul.
Tout sentiment mûrit comme un grain que l'on sème ;
L'oubli n'a pas de sens au delà du linceul.

Rien ne s'éteint, tout vit ; rien ne meurt, tout sommeille ;
Par la succession des choses et des temps
Une douleur s'endort quand un plaisir s'éveille
Et nos impressions mesurent nos instants.

Mais c'est la loi de l'heure et de notre faiblesse,
Non celle qui dit Ordre et dit Éternité
Et qui fait naître et croître en nous une noblesse,
Don pur, secret, divin, gratuit...

Infirmité !

Nous voyons par fragments, nous marchons par étapes,
Nous sentons fibre à fibre, en détail, jour par jour ;
Grain par grain seulement nous dépouillons les grappes
Que nous tendent d'en haut la science et l'amour.

Et quand nos faibles cœurs n'ont plus rien à déduire ;
Que notre vie est pleine et que les jours nouveaux
N'ont plus d'enseignements propres à nous instruire,
La mort vient, complétant d'un seul coup nos travaux ;

La mort qui fait grandir d'un degré tous les êtres,
Qui transforme l'hysope en cèdre plafonnant
Et le pic-vert dressé sur l'écorce des hêtres
En l'aigle, vol bercé sur le carreau tonnant.

Notre âme s'ouvre alors dans l'Ame sans limites.
Elle a senti des nœuds se détendre ; soudain
Elle est libre, elle va par des champs que les mythes
Gardent comme une grille ouvragée un jardin.

Mais, s'il est hors de nous ce monde où nous visâmes
Nus et dès l'aube, il est en nous-mêmes aussi,
Si bien qu'en cherchant Dieu nous montons dans nos âmes,
Et qu'en montant en nous nous avançons vers lui.

La souffrance a germé pour d'éternelles joies ;
Le mal s'est dévoré, s'est rongé, s'est puni,
A traîné ses remords par de pénibles voies
Au gibet son salut; le supplice est fini.

Bontés, vertus, pitiés, non, vous n'êtes pas mortes ;
Tendresses, charités, vous ne défaillez point.
Devant nous qui voyons blanchir de loin des portes
La distance n'est plus et le temps n'est qu'un point.

Les mondes inconnus nous invitent, les mondes
Qu'ont entrevus, tremblants, Cumes, Claros, Endor;
Et ce que nous allons arracher à leurs ondes
Ce n'est ni gain ni sang, marcs d'argent ni marcs d'or.

C'est le rêve des saints, des sages, des poètes ;
Le désir est la voile et l'aspiré, le port ;
La mer trouble est la vie, et le cap des tempêtes
Qu'il faut doubler aussi sur cette mer, la mort.

Regrets, pleurs, dévouement, richesses de nos âmes,
Nous vous retrouverons ; vous êtes le trésor
Qu'en le prodiguant tout nous économisâmes
Pour lester hors du lieu funèbre notre essor.

Évadons-nous sans peur dans les vagues profondes
De l'éther, vers la rive où d'idéaux limons,
Substance de nos cœurs, sauvent, graines fécondes,
Tous les ressouvenirs de ce que nous aimons.

TABLE

IMPRIMÉ

PAR

DELATTRE-LENOEL

POUR

ALPHONSE LEMERRE, LIBRAIRE

à Paris.

LIBRAIRIE ALPHONSE LEMERRE,

27-31, PASSAGE CHOISEUL, 27-31

POÉSIES D'E. PRAROND

A LA CHUTE DU JOUR, 1876.

LES PYRÉNÉES, 1877.

DU LOUVRE AU PANTHÉON, 1881.

LE THÉATRE SOUS LE CHÊNE, 1883.

www.ingramcontent.com/pod-product-compliance
Ingram Content Group UK Ltd.
Pitfield, Milton Keynes, MK11 3LW, UK
UKHW020350180726
13839UKWH00003B/1005